Maria Malik

Pro Ana Tagebuch

Impressum
© 2016 Maria Malik
Coverbild: © staras – fotolia.com
Herstellung und Verlag:
BoD – Books on Demand, Norderstedt
ISBN: 978-3-7412-22726
Printed in Germany
Bibliografische Information der Deutschen Nationalbibliothek
Die Deutsche Nationalbibliothek verzeichnet diese Publikation in der Deutschen Nationalbibliografie; detaillierte bibliografische Daten sind im Internet über http://dnb.d-nb.de abrufbar.

Maria Malik

Pro Ana Tagebuch

Kurzgeschichten über Magersucht, SVV, Suizid und Depression

Inhaltsverzeichnis

Vorwort 9
Pro Ana Tagebuch 10
Rote Tränen 26
Narben 49
Gleise 56
Adressen und Ansprechpartner 67

Vorwort

Die folgenden Kurzgeschichten handeln von den Themen Magersucht, Selbstverletzung, Pro Ana sowie Depressionen und bieten einen authentischen Einblick in das Leben und die Gedankenwelt Betroffener. Dementsprechend können diese Kurzgeschichten triggern.

Pro Ana Tagebuch

"The sun was rising the day I died"

Der Song "The Day I died" von *Catull's Brother in Law* reißt mich aus dem Schlaf. Mein Alarmton. Es ist sechs Uhr dreißig. Zeit zum Aufstehen. Ich fühle mich nicht fit. Bestimmt bin ich erst nach vier Uhr eingeschlafen. Vorher haben mich alle möglichen Gedanken wachgehalten. Die anstehende Prüfung zum Beispiel, heute morgen um acht Uhr. Ich würde viel lieber weiterschlafen. Aber es hilft nichts. Ich muss aufstehen. "Formen der Psychotherapie" wartet auf mich.

Noch halb im Schlaf setze ich mich auf. Langsam. Es dauert immer, bis mein Kreislauf in die Gänge kommt. Ich strecke Arme und Beine. Das sieht zwar bescheuert aus, hilft aber tatsächlich gegen Schwindelgefühle und Ohnmachtsanfälle am frühen Morgen. Ich will schließlich nicht wieder mit dem Kopf gegen den Heizkörper knallen. So etwas tut weh und kann eine Gehirnerschütterung als Folge haben. Schon getestet. Nein, danke. Also langsam aufstehen. Dann ins Bad. Zähneputzen. Haare bürsten. Es ist wirklich erschreckend, wie viele Haare jeden Tag an meiner Bürste hängen bleiben ... Nun ja. Ist halt so. Ein kurzer Blick auf die Waage. Zu viel. Wie immer. Was habe ich auch anderes erwartet nach dem üppigen Abendessen gestern ...

Ich schnappe meine Tasche und gehe aus dem Haus. Es wird ein schöner Tag. Vom Wetter her zumindest. Sonnig. Warm. Ich besorge mir meine morgendliche Droge. Einen Kaffee bei der Bäckerei an der Ecke. Dann steige ich in den Bus.

Zwei Stunden später sitze ich in der Prüfung. Mein Kopf schmerzt wie die Hölle. Konzentration gleich null. Ich weiß, dass ich in der Theorie alles kann. Schließlich habe ich in den letzten

Wochen wie eine Blöde gelernt. Nur abrufen fällt mir gerade immens schwer. Ich schreibe hin, was mir einfällt.

Als ich das Blatt abgebe, lächelt der Professor. "War nicht schwer, oder? Wird bestimmt wieder eine Eins für Sie." Ich lächle automatisch zurück. Ich kann froh sein, wenn ich bestanden habe. Verdammt, was ist nur los mit mir?

"Ich fand die Prüfung ziemlich unfair", beschwert sich Sonja, meine Mitstudentin. "Was hast du denn bei der dritten Frage geschrieben?"

Ich zucke die Schultern. "Ich weiß nicht mehr."

"Ach, komm. erzähl mir nicht. Du hast doch bestimmt wieder eine Eins." Was soll ich dazu sagen.

"Kommst du mit, Kaffee trinken?"

Ich folge ihr in die Cafeteria. Dort warten schon Tom und Sara auf uns. In der Regel verbringen wir jeden Dienstag und Donnerstag die Zeit zwischen den Vorlesungen zusammen. So auch heute. Eine Stunde lang fachsimpeln wir und diskutieren die Antworten. Nach drei Aspirin geht es mir tatsächlich besser. Der Kaffee hilft auch.

"Ich habe am nächsten Freitag Geburtstag und habe vor zu feiern. Mit euch. Seid ihr dabei?" Sonja lächelt. "Ja, klar!" Tom und Sara sind begeistert.

Geburtstage. Ich muss schlucken. Ich würde ja gerne hingehen. Sonja ist wirklich ein liebes Mädchen. Aber ich kann nicht.

"Ich fahre an dem Wochenende zu Max", erkläre ich.

"Schade." Sonja ist wirklich enttäuscht. "Wirklich schade. Ich meine, wir müssen doch feiern, dass wir den Psychoquatsch endlich hinter uns haben! Oder nicht?"

Ich zucke die Schultern. "Du weißt ja, dass Max nicht viel Zeit hat."

"Warum besucht er dich nicht an diesem Wochenende?" fragt Sara plötzlich. "Ihr könntet dann zusammen auf die Party gehen. Und dann können wir ihn endlich einmal kennenlernen. Du versteckst ihn jetzt schon ziemlich lange vor uns. Nicht einmal auf Facebook ist er!"

"Er mag eben keine sozialen Netzwerke. Wegen dem Datenschutz. Und er hat am Samstag Nachmittag schon wieder Dienst", erkläre ich rasch.

"Ja, nicht einfach als Assistenzarzt", murmelt Tom.

"Geht ihr mit in die Mensa?" Sonja wechselt das Thema.

"Ich habe mein Tutorium", erkläre ich.

Das Tutorium für die Erstsemester fällt immer genau in die Mittagspause. Es gab keinen anderen Termin. Zum Glück.

Eine halbe Stunde später diskutieren die Studenten im Tutorium eifrig über die Vorteile von ambulanten und stationären Therapien. Gott sei Dank kann ich mich dabei ausklinken. Ich fühle mich wirklich nicht gut heute.
Immerhin habe ich Donnerstag Nachmittag immer frei. Nach dem Tutorium gehe ich in den Supermarkt. Nach einer halben Stunden intensiven Abwägens in punkto Kalorien und Preis kaufe ich einen abgepackten, schon fertig zubereiteten Salat mit Hähnchenbrust. Dazu nehme ich noch einen Naturjoghurt und Erdbeer-Himbeer-Tee. Ich brauche eine schnelle Mahlzeit. Ich habe absolut keine Lust darauf, heute lange in der Küche zu stehen. Eigentlich will ich mich nur zu Hause verkriechen und hoffen, dass der Tag schnell vorübergeht. Aber mit Sicherheit wird er mir auch heute nicht diesen Gefallen tun ...

Ich fahre in meine Wohnung zurück und öffne den Kühlschrank, um meine Lebensmittelvorräte hineinzulegen. Darin befinden sich lediglich ein angerissenes Glas Senf, ein weiteres

Glas mit Essiggurken und drei Flaschen Wasser. Ich verstaue Joghurt und Salat, mache mir einen Himbeer-Erdbeer-Tee mit Süßstoff und werfe mich auf das Bett. Ausgerechnet Formen der Psychotherapie habe ich versaut. Was bin ich für ein Versager.

Das Telefon klingelt. Meine Mutter. "Wie war die Prüfung, Schatz?"

"Ziemlich schwer", erkläre ich. "Vielleicht bin ich durchgefallen."

"Ach was. Es wird natürlich wieder eine Eins." Meine Mutter, eine erfolgreiche Anwältin, ist sehr stolz auf mich. Nur das Beste ist für sie gut genug. Das war schon immer so. Bei einer Zwei habe ich in der Schule stets ein bedenkliches Kopfschütteln geerntet. Dass ich mein Abi mit eins Komma eins gemacht habe und damit nur Zweitbeste des gesamten Jahrgangs geworden bin, hat sie, glaube ich noch immer nicht verwunden. Nicht auszudenken, wenn ich tatsächlich durch die Psychoprüfung gefallen bin...

"Es geht mir nicht gut. Ich glaube, ich bekomme eine Erkältung. Vielleicht auch eine Grippe", erkläre ich. Um für die größte anzunehmende Katastrophe eine passende Entschuldigung zu haben. Krankheit ist der einzige Grund, den meine Mutter akzeptiert. Ich nicht. Vor allem, da ich weiß, dass ich nicht krank bin. Sondern einfach nur versagt habe.

"Oh. Schatz. Das tut mir leid. Soll ich zu dir fahren?"

"Nein. Nein. Natürlich nicht! So schlimm ist es nicht."

"Ach, dieses Wochenende ist bei mir schlecht", fügt sie auch sofort hinzu.

Ich habe nichts anderes erwartet.

"Wir geben einen Empfang. Was Kleines. Nur zehn Leute. Du weiß schon. Ach, warum musstest du unbedingt in Erlangen studieren? Warum konntest du nicht in Düsseldorf bleiben. Die Uni genießt einen hervorragenden Ruf. Du hättest zu Hause wohnen können. Dann könnte ich dich jetzt pflegen."

Also vom Dienstmädchen Kamillentee und Hühnersuppe kochen lassen und einmal am Tag zwischen zwei Terminen kurz bei mir vorbeischauen.

"Kommst du dann wenigstens nächstes Wochenende?" Der Ton meiner Mutter ist fast flehend.

Sie mag es, wenn ich zu Hause bin. Dann kann sie mich ihren reichen, wichtigen Bekannten präsentieren. "Meine Tochter studiert Psychologie", sagt sie dann mit einem triumphierenden Lächeln.

"Nächstes Wochenende kann ich nicht", entgegne ich selbstbewusst. "Da bin ich bei Max." Gelobt sei Max.

"Du bist jetzt schon ein halbes Jahr mit ihm zusammen. Wann lerne ich ihn endlich einmal kennen?"

Gar nicht, denke ich. Laut erkläre ich: "Du weißt, er ist viel beschäftigt. Als Assistenzarzt ist es echt schwierig."

„Warum lässt er sich nicht versetzen? Frankfurt ist doch sehr weit für euch beide. Es ist nicht einfach, eine Fernbeziehung zu führen."

Deine Ehe funktioniert doch auch, denke ich und frage mich, wann ich Vater zum letzten Mal gesehen habe. Das ist sicher schon ein halbes Jahr her.

"Du weißt doch, dass Max erst einmal seine Assistenzarztzeit beenden muss. Übrigens ...", entgegne ich laut.

"Ich habe gleich einen Termin ...", unterbricht meine Mutter. "Ich fürchte, ich muss schon auflegen. Anna, du hast nicht schon wieder abgenommen oder? Du weißt, ich muss dich das fragen."

"Natürlich nicht, Mutter", lüge ich. "Ich studiere Psychologie. Ich weiß, was ich tue. Mach's gut."

Und ich lege auf.

Ich habe nicht gelogen.
Ich weiß ganz genau, was ich tue. Was ich mir antue. Und warum.
Ich setze mich an den Rechner und logge mich in mein Pro Ana Forum ein. Reach for Perfection heißt es. Hier sind meine richtigen Freundinnen. Heute Nacht um zwei Uhr habe ich in der Ecke "Probleme/Ängste/Sorgen" einen Thread aufgemacht zu meiner Prüfung. Vierzehn Mädchen haben mir Glück gewünscht. Ich bin gerührt.
"Es war eine Katastrophe", schreibe ich. "Ich war zu unkonzentriert. Ich bin ein Versager."
Innerhalb von fünf Minuten bekomme ich zwei Antworten.
"Oh, das tut mir leid, Maus."
"Kopf hoch! Es wird schon nicht so schlimm gewesen sein. Warte doch erst einmal das Ergebnis ab."
Es tut gut, mich mit anderen auszutauschen. Sonst habe ich ja keinen. Zumindest keinen, der ansatzweise nachempfinden könnte, was ich fühle.
"Dabei habe ich gestern Abend gefressen", schreibe ich weiter. "Eine Packung Reiswaffeln."
"Das ist doch nicht so schlimm. Du bist doch schon dünn. Meine Thinspiration", antwortet Olive99. Das ist wirklich ein Kompliment. Sie meint, dass sie mich als Vorbild nimmt. Um weiter abzunehmen.
"Ich habe einen BMI von vierzehn Komma sechs. Und langsam merke ich es. Ich habe immer wieder Schwindelattacken. Ein bisschen Angst macht mir das schon", schreibe ich. Mein Ziel ist ein runder BMI von vierzehn. Bislang habe ich immer al-

les erreicht, was ich mir vorgenommen habe. Ich bin sicher, dass ich es auch diesmal schaffen werde. Auch wenn ich keine Ahnung habe, was ich machen soll, wenn ich das Ziel wirklich erreicht habe.

"Pass auf dich auf, das klingt nicht gut. Iss zumindest ab und zu mal einen Apfel oder einen Salat." Meine Forum-Freundin Julia. Die Stimme der Vernunft. Sie hat ja recht. "Vielleicht solltest du dir das mit einem stationären Therapieplatz doch noch mal überlegen?", fügt sie hinzu.

In unserem Forum passen wir aufeinander auf. Trotz allem. Wir sind Pro Ana. Das schon. Doch das bedeutet nichts anders, als dass wir magersüchtig sind, es wissen und nur bedingt dagegen kämpfen. Keines der Mädchen würde eine andere zu Ana till the End ermuntern. Zum Tod durch Magersucht. Auch wenn wir uns gegenseitig zum Abnehmen anspornen.

Manche Menschen nehmen Drogen oder trinken Alkohol, andere verletzen sich selbst. Wir hungern eben. Pro Ana ist unser Weg, mit dem Symptom Magersucht umzugehen. Denn nichts anderes ist es. Ein Symptom für mangelndes Selbstwertgefühl, das verschiedene Gründe haben kann. Gewalterfahrungen oder Missbrauch zum Beispiel. Oder emotionale Störungen, hervorgerufen durch die Trennung der Eltern. Den Verlust einer Bezugsperson. Oder, das Gegenteil, durch übermäßige Kontrolle der Eltern. Eine entsprechende Veranlagung kann auch eine Rolle spielen. Viele von uns sind in Therapie, um mit der eigentlichen Ursache klarzukommen. Denn niemand wird einfach so magersüchtig. Oder gar Pro Ana.

"Stationär kommt für mich nicht in Frage", schreibe ich. „Schließlich muss ich mein Studium durchziehen. Und bei einer ambulanten Therapie dauert es drei Monate, bis ich überhaupt erst einmal einen Termin bekomme. Mindestens."

Es gibt genug Psychologiestudenten, die Psychotherapeuten werden wollen, aber es gibt nur eine begrenzte Zahl von Psychotherapeuten, die eine Kassenzulassung bekommen. Deswegen kommt es bei Kassenpatienten zu entsprechenden Wartezeiten. Vielleicht ist das durchaus gewollt, damit die Kassen nicht zu viel Geld für psychosomatische Krankheiten ausgeben müssen.

Ich habe mich vor einiger Zeit intensiv mit dem Thema Magersuchttherapie beschäftigt. Natürlich weiß ich genau, wie sehr ich meinem Körper mit exzessivem Hungern schade. Langfristig drohen Knochenerweichung, Herzrhythmusstörungen, Nierenschäden. Und das häufige Erbrechen macht es nicht besser. Das hat dann zusätzlich noch Schädigungen der Speiseröhre zur Folge und kann im schlimmsten Fall zu einem Riss in der Magenschleimhaut führen. Alles keine angenehmen Optionen. Das weiß ich selbst. Aber es scheint mir weit weg zu sein. So, wie Lungenkrebs dem Zigarettenraucher. Ich habe vor einem Jahr tatsächlich einmal bei einer Klinik angerufen, die sich auf psychosomatische Erkrankungen spezialisiert hat. Das war nach den ersten Schwindelattacken gewesen.

"Erst ab einem BMI von unter fünfzehn", haben sie mir damals gesagt. Den habe ich jetzt. Aber dafür keine Zeit mehr für eine stationäre Therapie.

Ich surfe noch ein bisschen im Forum. Ich habe zu nichts Lust. Weder zum Fernsehen noch zum Lernen. Stattdessen denke ich an den Salat im Kühlschrank. Noch ein bisschen, denke ich. Noch ein bisschen aushalten. Du schaffst das. Ich schalte schließlich doch den Fernseher an. Es läuft die gefühlt hundertste Wiederholung einer amerikanischen Fernsehserie läuft. Aber auch die kann mich nicht von meinem Hunger ablenken. Meine Gedanken kreisen nur noch um dieses eine Thema. Dabei will ich nicht mehr essen und nicht wieder alles versauen.

Mein Blick fällt auf den Text, den ich vor einiger Zeit ausgedruckt und an die Wand gehängt habe. Ich habe ihn im Internet gefunden. Pro Ana Glaubensbekenntnis heißt er, die Verfasserin oder der Verfasser ist unbekannt. Da steht:

Ich glaube an Kontrolle, die einzig wahre Kraft, mächtig genug, um Ordnung in mein vom Chaos bestimmtes Leben zu bringen.

Ich glaube, dass ich die wertloseste, gemeinste und nutzloseste Person bin, die jemals auf diesem Planeten existiert hat und dass ich es nicht wert bin, von jemandem Beachtung und Aufmerksamkeit zu bekommen.

Ich glaube, dass andere Menschen, die das Gegenteil behaupten, Idioten sind. Wenn diese Menschen sehen würden, wie ich wirklich bin, wäre deren Hass genauso groß wie der meine.

Ich glaube an "SOLLEN" und "MÜSSEN" als undurchdringliche Gesetze um mein Verhalten Tag um Tag durchzuhalten.

Ich glaube an Perfektion und tue alles, um sie zu erreichen.

Ich glaube, dass ich mein Seelenheil nur dadurch erlange, indem ich jeden Tag noch härter nach dieser Perfektion strebe.

Ich glaube an Kalorientabellen und präge mir alle Werte genauestens ein.

Ich glaube an meine Waage, als Messinstrument meines täglichen Erfolges und Misserfolges.

Ich glaube an die Hölle, denn ich lebe in ihr.

Ich glaube an eine Welt, die nur aus schwarz und weiß besteht, an den Verlust von Gewicht, das Vergeben von Sünden, die Ablehnung des Fleisches und an ein Leben voller Hunger.

Wie Recht der Text doch hat. Als ich ihn das erste Mal gelesen habe, traf es mich wie der Blitz. Wie gut er meinen Zustand beschreibt. Das dort bin ich. Das war ich bereits, bevor ich ihn gefunden habe. Dieses gemeine, niederträchtige Wesen, das stets lügt und betrügt und in der Hölle lebt. Niemand könnte es besser beschreiben.

Der Text spornt mich an, noch etwas durchzuhalten.

Zwei Stunden später kann ich dem Drang zu essen dann doch nicht mehr widerstehen. Ich öffne den Kühlschrank und hole meinen Salat heraus, mische das fertige Dressing darunter und esse langsam die erste Mahlzeit des Tages.

Eigentlich will ich es nicht, aber natürlich schaue ich schließlich trotzdem auf die Kalorien. Dreihundert! Was? Ich bin entsetzt. Für ein bisschen Salat und Hähnchen? Ich habe viel weniger erwartet. Gott, bin ich dumm. Das Dressing. Das muss es gewesen sein. Normalerweise mache ich den Salat selbst an. Mit ein bisschen Joghurt. Beruhige dich, denke ich. Das ist trotz allem nicht viel. Vor allem, wenn ich den ganzen Tag nichts anderes mehr esse. Ich gehe zurück zum Rechner und surfe im Forum. Dabei fühle ich mich hundsmiserabel. Aufgebläht. Müde. Schließlich halte ich es nicht mehr aus. Ich stehe auf und gehe ins Bad. Dort übergebe ich mich in die Toilette. Zu viele Kalorien. Viel zu viele. Dennoch schäme ich mich ein bisschen. Salat habe ich noch nie zuvor erbrochen. Aber gut. Jetzt fühle ich mich tatsächlich besser.

Zeit für Sport. Mindestens eine halbe Stunde, nehme ich mir vor. Schließlich muss ich auch noch die Reiswaffeln von gestern abtrainieren. Und den Salat ... Ein paar Kalorien habe ich davon bestimmt aufgenommen, auch wenn ich den größten Teil erbrechen konnte.

Ich ziehe mein Sportoutfit an, gehe nach draußen und beginne zu laufen. Es fällt mir heute wirklich schwer. Ich habe das Gefühl, kaum vorwärts zu kommen. Mit Mühe und Not schaffe ich es in den Park. Mein Herz beginnt zu rasen, alles dreht sich um mich. Ich bleibe stehen, um wieder zu Atem zu kommen. Dann kippt der Boden unter mir weg.

Als ich kurz darauf wieder zu mir komme, beugt sich ein älterer Mann über mich.
"Es geht mir gut", protestiere ich und versuche, mich aufzusetzen. Eine erneute Schwindelwelle rollt über mich hinweg. Der ältere Mann redet auf mich ein wie auf ein krankes Pferd. Ich bleibe liegen und starre nach oben. Der Himmel kommt mir unglaublich blau vor. Keine Wolke ist zu sehen. Ich versuche, die Menschen zu ignorieren, die stehen bleiben, auf mich hinunterglotzen und mit dem älteren Mann sprechen. Keine gute Idee, draußen einfach so umzufallen. Manchmal gehe ich joggen, wenn es dunkel ist. Nicht auszudenken, was da passieren könnte ...

Wenig später kommt ein Krankenwagen und bringt mich ins Klinikum.

Nach einigen Untersuchungen und einer längeren Wartezeit erklärt mir eine junge Ärztin namens Frau Dr. Walter ernst die Situation. Meine Blutwerte sind schlecht. Der Elektrolytehaushalt ist völlig durcheinander. Vermutlich wegen dem Erbrechen. Ich habe Herzrythmusstörungen. Und sie haben längst noch nicht alle Untersuchungen gemacht. Eine Knochendichtemessung, zum

Beispiel. Oder eine Endoskopie für die Speiseröhre.

„Ihr Allgemeinzustand ist besorgniserregend, um nicht zu sagen lebensbedrohlich", fasst die Ärztin mit ernstem Gesichtsausdruck zusammen. „ Sind Sie in Therapie?"

„Nein", sage ich heiser. Ich kenne die Folgen von Magersucht. Aber zu wissen, dass es mir so schlecht geht – das ist wirklich ein Schock für mich.

„Wir können Ihnen helfen, einen Therapieplatz zu bekommen. Stationär", fährt sie fort. „So lassen wir Sie auf keinen Fall nach Hause gehen."

„Ich werde es mir überlegen", sage ich schwach.

Sie nickt und geht.

Ich will nicht im Krankenhaus bleiben. Und ich will keine Therapie. Das ist tote Zeit, in der ich nicht studieren kann. In der ich esse muss … Nein, ich will das alles nicht. Ich will einfach nach Hause. Schlafen. In Ruhe gelassen werden.

Aber das wird wohl nicht möglich sein.

Ich fühle mich auch wirklich ziemlich schwach und bin froh, dass sie mich im Krankenbett herumschieben.

Einige Zeit später befinde ich zusammen mit zwei anderen Frauen in einem engen Krankenzimmer. Die eine Frau ist um die sechzig Jahre alt und telefoniert lautstark. Das Alter der anderen Frau kann ich nicht schätzen, denn sie hat den Kopf in ihrem Kissen vergraben und schluchzt in sich hinein. Ihr Haar ist kupferrot. Aber das kann natürlich auch gefärbt sein.

Ich bekomme währenddessen eine Infusion und frage mich, wie viele Kalorien eine Kochsalzlösung wohl hat. Vermutlich keine. Hoffentlich. Während ich weiter herumliege, versuche ich, mich abzulenken. Ich frage mich, was Tom, Sonja und Sara wohl gerade machen. Sie haben sich ja für heute Abend verabredet. Ob sie ein Eis essen? Oder den neuen Thai-Tempel ausprobieren? Gemeinsam im Kino sind? Oder einfach nur zu Hause bei Sara abhängen? Egal, was es ist, ich könnte sowieso nicht mitkommen. Eis und Thai bedeuten Kalorien. Kino bedeutet Popcorn und damit weitere Kalorien. Und ich war einmal bei Sonja. Es gab Unmengen Schokolade. Nein. Das geht auch nicht.

Wir haben Magersucht vor einiger Zeit auch im Studium behandelt. Damals, als ich noch nicht so tief im Untergewicht war. Vielleicht ahnen die anderen jetzt etwas. Ich weiß, dass ich in ihren Augen dünn wirken muss. Das ändert aber nichts daran, dass ich mich fett fühle. Viel zu fett. Das ist nicht logisch. Nicht rational. Völlig verrückt. Selbstmord auf Raten. Aber nun. Was soll ich machen. Es ist so. Und ich kann es nicht mehr kontrollieren. Das muss ich mir in diesem Moment eingestehen.

Eine Krankenschwester kommt zu mir und fragt mich, ob ich jemanden anrufen möchte. Oder ob sie jemanden für mich anrufen soll. Ich könnte tatsächlich ein paar Sachen gebrauchen. Hygieneartikel. Frische Wäsche. Mein Handy-Ladegerät. Doch wen soll ich kontaktieren? Meine Mutter möchte ich nicht anrufen. Sie würde sich nur Sorgen machen. Kommen würde sie vermutlich auch nicht. Schließlich ist sie in Düsseldorf. Irgend ein Empfang wäre im Weg. Oder ein wichtiges Fußballspiel von Fortuna Düsseldorf - die Chance, um neue potenzielle Kunden zu treffen.

Mein Vater. Ich stelle mir sein warmes, herzliches Lächeln vor. Ich wünschte, ich könnte ihn anrufen. Doch er hat noch nie Zeit für mich gehabt. Er war immer unterwegs. Um Geld zu verdienen. Für mich. Das hat mir meine Mutter jedenfalls immer gesagt. Mittlerweile weiß ich, dass er mit einer anderen Frau zusammenlebt und mit ihr einen Sohn hat. Ich habe meinen Halbbruder nie kennengelernt.

Wer kommt noch in Frage? Tom, Sara oder Sonja? Einer von ihnen würde sicher kommen. Ich habe ihre Nummern in meinem Handy gespeichert. Ich könnte anrufen. Aber was dann? Sie werden wissen wollen, was los ist. Sie werden es sich denken können. Und mir vielleicht Schokolade mitbringen ... Das geht nicht. Dann würden sie außerdem wissen, was ich für eine Versagerin bin. Alle würden es wissen. Nein. Das könnte ich nicht ertragen.

Ich könnte auch eine meiner Forenfreundinnen fragen. Mit Lena habe ich mich schon einmal getroffen. In München war das. Das ist aber wirklich weit weg. Sandra kommt immerhin aus Regensburg. Vielleicht würde sie mich tatsächlich besuchen. Doch sie arbeitet als Krankenschwester. Sie hat Schichtdienst und es ist unwahrscheinlich, dass sie mal schnell ins Auto steigt und eine Stunde nach Erlangen fährt.

Max ... Ich stelle mir vor, wie er hereinkommt und fragt: "Was machst du für Sachen?" Wie er mich in seine Arme nimmt und mich tröstet. Nun, das wird auf jeden Fall ein Wunschtraum bleiben. Denn dummerweise weiß er nicht, dass wir zusammen sind. Zwar gibt es ihn tatsächlich. Maximilian Schmidt heißt er. Er ist aus Nürnberg und arbeitet tatsächlich als Assistenzarzt in Frankfurt. Ich habe ihn wirklich ein paar mal getroffen. Auf Partys. Von da hab ich auch das Foto, das ich überall mit mir herumschleppe und mit dem ich beweise, dass er mein Freund ist. Doch das Foto ist alles, was ich von ihm habe. Unsere Beziehung habe ich erfunden, um nicht ausgehen oder meine Mutter besuchen zu müssen.

Es gibt niemanden, den ich um Hilfe bitten kann. Oder möchte. Es ist einfach niemand da.

Außer Ana. Aber die kann mir auch nicht helfen.
Die nimmt mir nur meine Freunde.
Die Konzentration für mein Studium.
Meine Zeit.
Meine Haare.
Meine Gesundheit.
Und vielleicht mein Leben.

Rote Tränen

Meine Therapeutin hat gesagt, ich soll alles aufschreiben. Dass ich mich tatsächlich an den Computer gesetzt habe und zwar gerade jetzt, hat einen Grund. Doch dazu später mehr. Das Ganze ist fünf Jahre her. Angefangen hat es damit, dass ich Ronny kennengelernt habe. Das war in einem Selbstmordforum. Oh, nicht, dass ihr einen falschen Eindruck bekommt. Ich war nicht selbstmordgefährdet oder so. Es war eher die Neugier. Gut, daran gedacht hatte ich schon öfter. Aber mehr so nach dem Motto „Na, ich könnte mich ja mal irgendwann vor einen Zug werfen". Bei Ronny war das viel konkreter. Er hatte sogar die Stelle schon ausgesucht. Ein einsamer Streckenabschnitt mitten im Wald. Ich bilde mir gerne ein, dass unsere Freundschaft ihn daran gehindert hat, es zu versuchen. Aber vielleicht war er damals auch einfach noch nicht so weit, wie er glaubte.

Der Thread im Forum lautete: „Wie ich es tun werde". Ein gewisser Nachtfalke hatte darin gepostet: „Vor einen ICE schmeißen. Zwischen Rednitzhembach und Schwabach. Sollen die, die alles verbockt haben, ruhig ein paar Stunden warten, bis sie mich von den Gleisen gekratzt haben." Das erregte mein Aufsehen. Denn ich kannte die besagten Orte. Ich war schon mehrmals auf diesem Streckenabschnitt gefahren. Und ich kannte den Text in seiner Signatur:

The sun was rising
the day i died

Auch wenn es nicht dabeistand, wusste ich, dass es sich um den Song „"The Day I died" der Band *Catull's Brother in Law* handelte. Einem meiner absoluten Lieblingslieder.

Ich besah mir das Profil dieses Nachtfalken. Er kam aus Nürnberg und war sechsundzwanzig Jahre alt. Viel mehr konnte ich nicht herauslesen. Deswegen suchte ich nach allen Threads und Posts von ihm. Er hatte sich eifrig am Forum beteiligt, oft mit recht provokanten Sprüchen. Ständig schien er alle anderen in Punkto krasse Ansichten und Selbstmordmethoden überbieten zu wollen. Mir kam er einfach nur einsam und verzweifelt vor.

Ich hatte ein Ticket für das nächste Catull's Brother in Law Konzert gekauft. Da meine Freunde alle aus diversen Foren stammten und niemand in meiner Nähe wohnte, war ich davon ausgegangen, allein hingehen zu müssen. Aber aus einer Laune heraus schrieb ich ihn an und fragte, ob er auch Karten für das Konzert hatte und mit mir zusammen hingehen wollte. Ist vielleicht nicht das richtige, was man in einem Selbstmordforum fragt. Das ist mir später auch klargeworden.

„Ich will mich umbringen."

„Ich auch."

„Prima. Wollen wir gemeinsam auf ein Konzert gehen?"

Ich wage kaum, mir vorzustellen, was er über mich gedacht haben muss. Aber er schrieb zurück: „Klar. Ich hab auch ein Ticket."

Als Erkennungszeichen hatte ich eine schwarze Plastikrose mitgebracht. Gewünscht hatte ich mir einen großen, gutaussehenden, muskulösen Mann mit dunklen Augen und schwarz (gefärbten) Haaren im Gothic-Look mit langem schwarzen Mantel.

Befürchtet hatte ich einen kleinen, unattraktiven und übergewichtigen Glatzkopf mit Bart.

„Hi. Ronny. Bist du Melanie?"

Der Typ, der letztendlich vor mir stand, war einssiebzig groß und wirkte tatsächlich muskulös. Er trug sein blondes Haar raspelkurz. Seine blauen Augen standen relativ nah zusammen. Das hervorstechendste Merkmal in seinem schmalen, bleichen Gesicht war jedoch eine große Narbe an seiner rechten Schläfe, die ein bisschen aussah wie der Harry-Potter-Blitz. Er trug schwarze Jeans und ein schwarzes Catull's-Brother-In-Law-Fan-T-Shirt. Kein Gothic-Mantel. Aber das war ja auch nicht unbedingt ein K.O.-Kriterium gewesen.

Er musterte mich mit einem leicht ironischen Lächeln. „Melanie?", fragte er noch einmal.

Ich muss ihn ziemlich angestarrt haben, denn es dauerte tatsächlich einen Moment, bis ich mich gefangen hatte. Wir begrüßten uns kurz und machten uns auf den Weg in die Location. Dabei musterten wir uns immer wieder und lächelten. Ab und zu tauschten wir kurze Bemerkungen aus. Doch eine richtige Unterhaltung wollte nicht in Gang kommen. Mir fielen keine Themen ein. Alles schien so belanglos. Was soll man auch zu jemandem sagen, von dem man weiß, dass er eigentlich gar nicht mehr leben möchte?

Immerhin stellten wir während dem Konzert fest, dass wir beide alle Lieder auswendig kannten und lautstark mitgröhlen konnten. Das hielt uns dann doch irgendwie zusammen.

Die Location war heiß und stickig. Ich hatte den ganzen Tag nichts gegessen. Es war normal für mich, dass die Welt um mich herum immer leicht schwankte. Als sie plötzlich anfing, sich wie wild zu drehen, war es schon zu spät. Kurz darauf fand ich mich im Foyer auf einer Steinbank wieder. Keine Ahnung, wie ich dahin gekommen bin. Ronny saß neben mir und hielt mir einen Plastikbecher mit Wasser an die Lippen. Catull's Brother in Law war immer noch relativ gut zu hören. Natürlich spielten sie ausgerechnet in diesem Moment „The day I died".

Ich seufzte und setzte mich langsam auf. Ronny musterte mich nachdenklich.

„Du bist ziemlich dünn", sagte er unvermittelt. Ich zuckte nur die Schultern. Meistens fühlte ich mich eher wie ein Elefant. Wir schwiegen einige Zeit und lauschten den Song, so gut es von draußen eben möglich war.

„Es geht wieder", sagte ich nach fünf Minuten und genug Wasser, um vorher erwähnten Elefanten zu ertränken.

Doch Ronny bestand darauf, dass ich mich weitere zehn Minuten ausruhe und mich danach nicht wieder ins engste Getümmel stürzte, sondern im Eingangsbereich bleib. Und nach dem Konzert insistierte er, mich nach Hause zu begleiten.

Ich protestierte. „Du wohnst doch am anderen Ende der Stadt! Hinterher fährt gar kein Bus mehr zu dir raus."

Er zuckte die Achseln. „Dann übernachte ich halt bei einem Kumpel."

Ich muss gestehen, ich war durchaus erleichtert, als er das sagte. Denn auch, wenn ich ihn kaum kannte – er machte nicht den Eindruck, als wolle er über mich herfallen. Im Gegensatz zu manch anderen zwielichtigen Gestalten, die sich nachts an den U-Bahn-Stationen herumdrückten.

Auch auf der Fahrt nach Hause wollte kein Gespräch in Gang kommen. Ich war ziemlich müde und Ronny schien ebenfalls nicht nach Reden zumute zu sein, nachdem ich ihm seinen Konzertbesuch versaut hatte. Nur einmal merkte er an: „Meine Cousine ist auch so wie du. Auch so dünn."

Ich verspürte einen Anflug von Neugier, aber auch von Eifersucht. Unbekannterweise. So wie ich. Was sollte das heißen? Hatte sie auch einen BMI von sechzehn? Oder vielleicht sogar weniger? Ob sie auch mit Fressanfällen zu kämpfen hatte wie ich?

„Es tut mir leid", sagte ich, als wir endlich vor der Tür des alten, mehrstöckigen Sandsteinhauses angekommen waren, in dem ich wohnte. Und ich meinte es auch.

„Kein Ding", murmelte er. Und er verschwand. Den sehe ich nie wieder, dachte ich, als ich langsam die Treppen in den fünften Stock hinaufkeuchte – Gott sei Dank, ohne noch einmal ohnmächtig zu werden.

Doch schon am nächsten Tag schrieb er mich über das Forum an und fragte, ob wir zusammen Kaffee trinken wollten. „Oder Cola light, wenn dir das lieber ist", hatte er hinzugefügt.

Unser zweites Treffen war kommunikativer, wenn auch nicht minder bizarr. Ich bedankte mich zuerst bei ihm, dass er mich heimgebracht hatte und entschuldigte mich nochmals dafür, dass er wegen mir einen Teil des Konzerts verpasst hatte.

„Kein Ding", murmelte er wieder.

Wir schwiegen erneut. Es wurde ziemlich unbehaglich.

„Ich war in Afghanistan", sagte er plötzlich.

Überrascht blickte ich ihn an.

„Deswegen das Forum." Und dann erzählte er mir Dinge, die ich mir nicht vorstellen konnte und die ich eigentlich gar nicht wissen wollte.

Er hatte sich nach der Schule freiwillig zur Bundeswehr gemeldet. Doch schon nach wenigen Wochen war er mit seinem Konvoi in einen Hinterhalt geraten. Ich spürte, wie er sich sammelte, um weiterreden zu können. Ganz ruhig war er. Mit seinen Händen umklammerte er dabei sein Bierglas, als wollte er sich daran festhalten. Oder es erwürgen.

„Als ich zu mir kam, lag ich unter einem LKW. Einer meiner Kameraden hatte mich dorthin geschafft. Überall war Blut. Und die Schreie… Das war das Schlimmste. Einem … wurde die Hand abgerissen. Er lag gar nicht weit von mir entfernt. Er hat so geschrien … Zwanzig sind gestorben, an diesem Tag. Vierzig wurden verletzt, zehn davon schwer."

Ich konnte ihn nur völlig entsetzt anstarren.

„Was ist mit dir passiert?", fragte er unvermittelt.

Ich brauchte einige Zeit, um überhaupt zu verarbeiten, was er da erzählt hatte. Und um mich wieder meinen sogenannten Problemen zuwenden zu können.

„Nichts", erwiderte ich schließlich. Was hatte ich schon erlebt. Im Gegensatz zu ihm.

Heute denke ich, er hat mir nur von Afghanistan erzählt, um mir diese eine Frage stellen zu können. Meine Auskunft war für ihn sichtlich unbefriedigend. Ich sah ihm an, dass er mir nicht glaubte. Doch er fragte nicht weiter. Dafür war ich ihm sehr dankbar.

Es war ein warmer Tag. Ich trug ein schwarzes, langärmliges Shirt. In Gedanken rieb ich über die Schnitte, die ich mir am Vortag beigebracht hatte. Um mich für den Ohnmachtsanfall auf dem Konzert zu bestrafen. Und für meine gesamte miserable Existenz.

Ronny musterte mich aufmerksam. „Das machst du auch?", fragte er.

Ich zuckte zusammen.

„Lass mal sehen!", verlangte er weiter.

Ich weiß nicht, warum ich tatsächlich meinen Ärmel hochkrempelte. Vielleicht, weil er so viel von sich preisgegeben hatte. Bisher hatte ich die Schnitte noch nie jemandem gezeigt.

Er riss die Augen auf. „Bist du völlig verrückt? Das kann eine Blutvergiftung geben."

Ich sah ihn überrascht und auch etwas verletzt an und krempelte den Ärmel wieder hoch.

„Im Ernst!" rief er energisch. „Was hast du damit gemacht?"

Ich zuckte die Achseln. Schön waren die Schnitte nicht. In der Regel ignorierte ich sie, soweit es ging und klebte ein Pflaster drüber, wenn ich Angst hatte, sie könnten wieder zu bluten beginnen. Das ließ ich dann so lange dran, bis es freiwillig abfiel, was durchaus mal eine Woche dauern konnte.

„Ich zeig dir, wie du es machen musst", verkündete Ronny. „Eine Blutvergiftung ist kein Spaß."

So hat es angefangen. Ronny wurde innerhalb kürzester Zeit zu meinem besten Freund. Zu meinem einzigen nicht-digitalen Freund. Ein richtiges Paar waren wir aber nie. Das lag natürlich an mir. Ich fühlte mich nicht bereit für mehr. Das erste Mal, als er mich berühren wollte, floh ich aus dem Zimmer, ohne zu verstehen, warum. Er ließ es von da an langsam angehen. Immerhin konnte er mich irgendwann umarmen, ohne dass ich ausgetickt bin. Meine Thera meinte später, dass ich aus meiner Kindheit Berührungen nie gewohnt war. Was auch immer.

Ronny hat jedenfalls tatsächlich alles mitgemacht und mich nie zu irgend etwas gedrängt. Vermutlich, weil er etwas Schlimmes in meiner Vergangenheit vermutete. Und mir nicht glauben wollte, dass alles meine Schuld war. Weil ich nun einmal schwach war. Und die Erwartungen, die an mich gestellt wurden – und die ich mittlerweile selbst an mich stellte – nicht erfüllen konnte.

Wir unternahmen immer mehr zusammen, gingen ins Kino

und auf Konzerte. Er war nett und aufmerksam mir gegenüber. Nie hat er versucht, mich zum Beispiel zum Essen zu überreden. Meine Schnitte kritisierte er nur, wenn ich sie nicht ordentlich verbunden hatte. Er war da, wenn mein Kreislauf nicht mehr mitmachen wollte. Er hat auf mich aufgepasst. Jedenfalls, wenn er nicht alkoholbedingt im Koma lag.

Zuerst ist es mir nicht so sehr aufgefallen. Aber als wir anfingen, uns beinahe täglich zu sehen, wurde mir klar, dass er sich genauso verletzte wie ich mich. Nur nicht mit Klingen oder nicht essen, sondern mit Alkohol.

Als ich das erste Mal live erlebte, wie er sich innerhalb kürzester Zeit mit Schnaps zudröhnte und schließlich in die Bewusstlosigkeit abdriftete, war ich entsetzt. Ich blieb die ganze Nacht bei ihm am Boden sitzen und vergewisserte mich ständig, dass er noch atmete. Der Gedanke, einen Krankenwagen zu rufen, kam mir überhaupt nicht.

Natürlich ist er wieder aufgewacht. So wie unzählige Male später. Er hat immer darüber gelacht, dass das sein Weg war, Selbstmord zu begehen. Eigentlich war es kein Witz. Er hätte in Behandlung gehört. Noch viel mehr als ich. Aber er wollte nicht darüber reden. Und ich ließ in in Ruhe, so wie er mich in Ruhe ließ.

Dann folgte eine Phase, in der ich Ronny für einige Wochen kaum noch sah. Denn in der Uni standen Zwischenprüfungen an und ich wollte unbedingt eine Eins haben. Ich hatte immer Einsen haben müssen. Genauso wie eine perfekte Figur. Etwas anderes hätten meine Eltern nicht zugelassen. Und etwas anderes konnte ich ebenfalls nicht mehr akzeptieren. Also lernte ich quasi ununterbrochen.

Als die Prüfungen endlich vorbei waren, hatte ich noch zwei Kilo mehr abgenommen. Das bedeutete einen BMI von unter fünfzehn. Ich war sehr stolz, aber noch immer nicht zufrieden mit meinem Körper.

Ronny hatte die Zeit währenddessen gut genutzt und neue Freunde gefunden. Mike, ein alter Kumpel von ihm, mit dem zusammen er in Afghanistan gedient hatte, war in die Stadt gezogen und hatte ihn ein paar Leuten vorgestellt. Da war Ronny jetzt jedes Wochenende. Und ich von da an auch.

Unsere neue Freunde betranken sich am liebsten abends in einem heruntergekommenen, düsteren und schmutzigen Shisha-Cafe, in dem ständig laute Musik dröhnte und das mit Sicherheit vom Gesundheitsamt mit sofortiger Wirkung geschlossen worden wäre. Wenn sie je dagewesen wären. Alte Holzkisten dienten als Tische, abgegriffene Polster auf dem Boden als Sitzgelegenheiten. Das Cafe war schrecklich, aber niemand stellte mir Fragen. Deswegen fühlte ich mich da schnell wohl.

Es war wirklich eine ganz neue Welt für mich. Mit Alkohol hatte ich nie viel zu tun gehabt. Zwei Zentiliter Wodka haben einundvierzig Kalorien. Da hätte ich gleich ein halbes Glas Cola, Milch oder Apfelsaft trinken können. Und ich hatte am Beispiel von Ronny deutlich gesehen, was eine halbe Flasche Wodka anrichten konnte.

Doch im Shisha-Cafe habe ich es dann doch ausprobiert. Musste ja was dran sein, wenn das alle so toll fanden. Da ich mich mit Essen sehr zurückgehalten habe, war ich auch relativ schnell betrunken. Ein Cocktail war in der Regel völlig ausreichend. Von den Kalorien her sowieso. Deswegen habe ich mich am nächsten Tag immer mit nicht essen, Sport oder eben Rasierklingen bestraft.

Wenn ich mich betrank, lag ich genauso wie Ronny scheintot in einer Ecke. Ich habe schon in etwa mitbekommen, was um mich herum passiert ist, aber alles war wie im Nebel. Kein schlechtes Gefühl. Ich begann, Ronny zu verstehen.

Dass er sich immer stärker veränderte, ist mir erst nach und nach aufgefallen. Er hat sich mit den neuen Freunden immer öfter auch außerhalb des Cafes getroffen und wollte nicht, dass ich mitkam. Das hat mich schon etwas verletzt. Doch ich konnte verstehen, dass er nicht die ganze Zeit mit einer Depri-Tussi wie mir abhängen wollte. Tatsächlich schien es ihm besser zu gehen. Phasenweise zumindest. Manchmal war er irre gut drauf, um dann wieder in einem bodenlosen Loch zu versinken. Ich half ihm, so gut wie ich konnte. Gemeinsam mit Mike.

Mike war so gut wie immer auf den Partys. Ich mochte ihn. Er hat mich zwar immer etwas merkwürdig angeschaut. Doch er hat immer auf Ronny aufgepasst. Und auch ein bisschen auf mich. Einmal habe ich gehört, wie er Ronny gefragt hat: „Isst sie überhaupt jemals was?" Aber sonst hat er sich auch nicht eingemischt. Ich war schließlich Ronnys Freundin.

Der Anfang vom Ende begann an einem schönen warmen Samstag Abend im Mai.

Ich hatte meine Prüfungsergebnisse bekommen. Gesamtnote Zwei. Ich war am Boden zerstört, zerfetzte meine Arme, taumelte ins Cafe, betrank mich innerhalb von fünfzehn Minuten mit zwei Wodka pur und nahm nichts um mich herum mehr wahr.

Stunden später lag ich immer noch in meiner Ecke, halb bei Bewusstsein, als ich Ronny plötzlich rufen hörte: „Steck das Messer weg!"

Ich kämpfte mich aus zerschlissenen Polstern und blickte mich um. Die Anwesenden waren alle zur Seite ausgewichen.

„Du schuldest mir 3 Riesen!", brüllte Ronnys Kontrahent. Ich kannte ihn vom sehen. Er nannte sich Richie und war ein absolut unsympathischer und ungepflegter Typ. Ronny hatte mich angewiesen, ihm aus dem Weg zu gehen, was ich immer befolgt hatte. Bis zu diesem Moment. Richie machte einen Schritt vor und zog es Ronny einmal quer durch das Gesicht. Und dann war Mike plötzlich da. Er trat ganz locker an Richie heran und begann auf ihn einzureden. Ich stand auf, taumelte auf Ronny zu und versuchte, ihn weg von der Menge wegzuzerren, um seinen Schnitt zu verbinden, der zum Glück nur oberflächlich war. Weil Ronny darauf bestand, hatte ich immer Verbandszeug in meiner Tasche. Wegen meinen Selbstzerstörungsanfällen, die in letzter Zeit durchaus auch einmal unterwegs auftreten konnten. In der Uni. Auf dem Klo im Cafe. Und wenn sonst gerade Zeit war.

Doch Ronny versetzte mir einen Stoß und wandte sich ab. Ich fiel auf einen Kissenberg. Währenddessen wurde die Party um uns herum zur Massenschlägerei, mitten drin Ronny, Mike und Richie. Ich schaute dem ganzen Trubel völlig verstört zu.

Und dann ertönte die Stimme: „Polizei!"

Ich blieb sitzen und blickte verwirrt um mich.

Ronny lief zu mir, grapschte nach meiner Hand, zerrte mich auf die Füße und begann zu laufen. Ich stolperte erst hinter ihm her und dann über eine Kiste. Ronny ließ mich los. Ich stürzte. Der Alkohol machte sich sehr deutlich bemerkbar. Deswegen blieb ich liegen und versuchte, erst einmal wieder richtig zu mir zu kommen.

Zu lange.

Insgesamt konnte die Polizei acht von uns verhaften. Mike, Ronny und Richie waren nicht darunter. Wir wurden auf das nächstgelegene Polizeirevier gebracht. Sie haben mich fotografiert und meine Personalien aufgenommen. Dann musste ich mich auf eine Bank setzen und warten. Es war schrecklich. Aber noch nicht das Schlimmste. Denn etwa eine Stunde später kam mein Vater hereingeschneit. Hab ich schon erzählt, dass er Staatsanwalt ist? Mein Vater war sehr höflich, entschuldigte sich bei den Beamten für mein Verhalten und sprach immer wieder von einem Missverständnis. Dann schüttelte er allen die Hand und dankte ihnen für ihren Einsatz und ich durfte gehen.

Meine Mutter saß auf dem Beifahrersitz mit rotgeweinten Augen. Sie schluchzte immerzu und schüttelte hin und wieder den Kopf. Mein Vater klemmte sich hinter das Steuer. Ich konnte seine Missbilligung körperlich spüren. Ich saß hinten, weinte ebenfalls und fühlte mich wie das missratenste und fürchterlichste Kind, das Eltern nur haben konnten. Wie habe ich mich damals nach einer Rasierklinge gesehnt. Das im Wagen meiner Eltern zu tun, wäre allerdings keine gute Idee gewesen.

Meine Eltern sprachen leise miteinander, als ob ich gar nicht da wäre.

„Morgen geht sie in eine Klinik. Mit was für Individuen sie sich da abgibt … Und sie hat sich … die Arme aufgeschnitten. Sie hat bestimmt eine Psychose." Das war mein Vater.

„Hat sie – etwas genommen?", fragte meine Mutter mit tränenerstickter Stimme.

„Ja. Sie ist völlig benebelt", sagte mein Vater mit rauer Stimme. „Und das waren alles stadtbekannte Junkies."

Meine Mutter schluchzte noch einmal laut auf.

Meine Eltern haben mir in dieser Nacht wohl alles zugetraut.

Das tat vielleicht am meisten weh.

Endlich waren wir vor dem Haus meiner Eltern angekommen. Es ist alt und groß, mit vielen Erkern und Türmchen. Früher kam es mir vor wie ein Märchenschloss. In diesem Moment wirkte es auf mich wie ein Gefängnis.

„Melanie!" Vor dem Gartentor saß Ronny auf seinem Roller. Er war bestimmt nicht fahrtüchtig, aber dennoch gekommen, um mich abzuholen. Mich durchströmte ein warmes Gefühl und ich lief zu ihm hin. Er umarmte mich.

„Melanie, komm ins Haus!", hörte ich meinen Vater streng rufen. Ich zögerte einen Moment.

„Kommst du?" fragte Ronny.

Da schwang ich mich hinter ihn auf seinen Roller.

„Hiergeblieben, junge Dame!", donnerte mein Vater.

Zu spät – wir waren schon fast um die Ecke. Mein Vater rannte zurück zu seinem Auto. Wenig später setzte er uns nach. Doch Ronny bog in einen Fußweg – streng verboten für motorisierte Fahrzeuge und viel zu klein für den riesigen BMW meines Vaters.

Wir verbrachten die Nacht bei Ronny auf dem Sofa. Er war sehr lieb zu mir und hielt mich die ganze Nacht in seinen Armen. Vermutlich hatte er ein ziemlich schlechtes Gewissen, denn er flehte mich sogar an, mich nicht zu schneiden.

Ronny konnte ich kaum etwas abschlagen, deswegen hielt ich mich tatsächlich zurück.

Am Nachmittag wollte er zum Supermarkt, Zigaretten kaufen. „Nur zehn Minuten", beteuerte er.

Natürlich kam er nicht so schnell zurück. Ich wusste, dass seine Einkaufstouren etwas länger dauern konnten. Doch ich fühlte mich trotzdem alleingelassen. So setzte ich mich auf das Sofa, sah fern und schnitt ein bisschen an meinem Bein herum.

Der Anruf kam gegen acht Uhr abends. „Bitte, hilf mir, du musst unbedingt fünftausend Euro auftreiben. Jetzt! Sofort!"

Ich wusste, dass Ronny Geldsorgen hatte. Ich ahnte, dass es irgend etwas mit der letzten Nacht zu tun hatte. Ich konnte mir vorstellen, dass es keine gute Idee war, ihm zu helfen. Aber ich hörte die bodenlose Verzweiflung in seiner Stimme. Ich musste es einfach tun.

Deswegen ging ich zur Bank und hob das ganze Geld ab, das ich gespart hatte. Insgesamt etwa zweitausend Euro. Dann fuhr ich zu meinen Eltern nach Hause. Den Schlüssel hatte ich. Sie waren nicht da. Wie meistens. Eigentlich waren sie so gut wie nie zu Hause. Auch, als ich noch klein war. Wozu gab es Au-Pair-Mädchen. Gott sei Dank wusste ich, wo sie das Geld aufbewahrten. In einer Keksdose auf dem Küchenschrank. Kein Ort, an dem Einbrecher zuerst nachsahen. Gedacht waren die Scheine für Putzfrau, Gärtner und Handwerker. Es war ein hübscher Betrag drin. Ich schnappte mir dreitausend Euro, machte, dass ich wegkam und rief Ronny an.

„Komm zum Center-Parkplatz", flehte er. Ich machte mich auf den Weg.

Ich war schon öfter mit dem Bus hier vorbeigefahren, das aber so gut wie nie nach zehn Uhr abends. Der Parkplatz war ziemlich schmutzig, überall lagen Fastfood-Verpackungen herum, aber immerhin war er hell erleuchtet. Ich blickte mich suchend nach

Ronny um. In einiger Entfernung standen drei Männer um eine am Boden liegende Gestalt herum. Ich blickte zögernd zu ihnen herüber und erkannte Richie. Er grinste mich an. Auf eine sehr unschöne Art und Weise. Er sagte ... Er verlangte ... Ich kann es nicht zu Papier bringen. Nicht wörtlich.

Richie sagte ungefähr Folgendes: „Ja, wen haben wir denn da."

Ich trat näher und da sah ich, dass es Ronny war, der am Boden lag. Sein Gesicht war ziemlich verschwollen, doch er sah mich unglaublich dankbar an.

„Ich hab euer Geld", sagte ich leise mit zitternder Stimme. Ich kramte das Bündel Scheine aus meiner Handtasche und hielt es Richie hin. Er riss es mir aus der Hand und zählte nach.

„Es fehlen noch zwei Riesen", sagte er.

„Es hieß doch fünf", nuschelte Ronny vom Boden aus.

„Ja, aber die Zinsen für die Verzögerung." Und er grinst mich wieder an.

Ronny murmelte etwas Unverständliches. Einer der anderen trat ihn brutal in den Bauch.

Ich schrie entsetzt auf. Richie musterte mich von oben bis unten und machte dann einen Schritt auf mich zu. Ich wich zurück. Er folgte mir, offensichtlich nicht in Eile. Das Grinsen auf seinem Gesicht wurde immer breiter.

Mit quietschenden Reifen näthrte sich ein Auto und machte wenige Schritte hinter mir eine Vollbremsung. Ich kümmerte mich nicht darum, sondern starrte weiter angstvoll auf Richie. Wer hätte mir schon helfen sollen? Richie war stehengeblieben. Sein Gesicht verfinsterte sich. Hinter mir ertönten Schritte.

„Lasst sie in Ruhe." Es war Mike. Ich war in meinem Leben noch nie so erleichtert wie in diesem Moment. Mike legte mir beruhigend die Hand auf die Schulter.

„Steig ins Auto", sagte er dann leise.

Ich blieb stehen, wo ich war.

„Hinter dir." Seine Stimme klang fest und befehlsgewohnt. „Steig in das Auto."

Ich gehorchte, wandte mich um, stieg ins Auto und schnallte mich an. Der Motor lief noch immer. Ich sah zu, wie Mike da stand und diskutierte. Die beiden anderen Freunde von Richie waren ebenfalls herangekommen. Ronny lag einsam auf dem Boden, rappelte sich aber langsam auf und begann, davonzuwanken. Ich wusste nicht, was Mike mit Richie diskutierte, doch schließlich wandten sie sich einfach um und gingen davon. Mike wartete einen Moment, dann kam er schnellen Schrittes zum Auto.

Die drei Typen blieben stehen und diskutierten. Sie blickten zu Ronny.

Mike stieg ein und setzte sich hinter das Lenkrad.

Die drei gingen quer über den Parkplatz auf Ronny zu.

Der Wagen setzte sich in Bewegung.

Sie erreichten Ronny. Er hatte sie wohl gehört, denn er drehte sich um. Eine Faust traf ihn am Kinn. Ich begann zu schreien. Mike beschleunigte den Wagen. „Halt an!" flehte ich ihn an und packte ihn am Arm. Er schüttelte mich ab und beschleunigte weiter. Ich schrie und kreischte und flehte – kurz, ich hatte einen hysterischen Anfall. Dann packte ich die Handbremse. Da reagierte Mike. Er knallte mir seinen Handrücken ins Gesicht und machte anschließend eine Vollbremsung. Ich wurde nach vorn geschleudert. Das unterbrach meine Hysterie für einen Moment, völlig benommen starrte ich ihn an.

Mike musterte mich mit völlig versteinertem Gesicht. „Ich fasse es einfach nicht, dass er dich da mit reingezogen hat", brach es heftig aus ihm hervor. „Und ich fasse es nicht, dass du dich so für ihn einsetzt. Dir ist schon klar, was da beinahe passiert wäre. Auf dem Parkplatz. Oder? Und dass Ronny Richie Geld für Koks geschuldet hat?"

Ich starrte ihn nur an.

„Einen von euch konnte ich da rausholen. Aber nicht euch beide. Ich bin nicht Superman."

„Ronny …", wimmerte ich noch einmal.

„Ich hätte es getan. Ich hätte es getan, verdammt. Aber …" Er schüttelte mit bitterer Miene den Kopf. „Ronny hat mich angerufen und wieder um Geld gebeten. Doch wo soll ich das bitte auftreiben? Vor allem gleich ein paar tausend Euro? Er hat mir vor einer Stunde eine SMS geschrieben. Eine einzige lumpige SMS, dass er vielleicht Hilfe braucht. Und ich hab mir wirklich gut überlegt, ob ich das tun soll. Wenn ich nicht gekommen wäre … Mein Gott …"

Er schüttelte erneut den Kopf und starrte einen Moment vor sich hin. Dann wandte er sein Gesicht mir zu. Seine Miene wurde etwas weicher.

„Es tut mir leid, dass ich dich geschlagen habe … Bitte entschuldige…" Er strich mir ganz behutsam über die Wange. „Ich fahre dich zu meiner Wohnung. Du musst dich ausruhen", erklärte er dann. Und das tat er.

Sein Wohnzimmer sah aus wie das meiner Eltern. Unbewohnt. Sparsam möbliert, ein Fernsehregal mit lediglich einer Hand voll DVDs, ein großes Sofa.

„Ronny", flüsterte ich. Mike führte mich zum Sofa und nahm mich in die Arme. Ich weiß nicht, wie lange er mich da festhielt, mir über das Haar strich und wie oft er mir versicherte, dass alles gut werden würde.

Er muss mich irgendwann losgelassen haben, denn ich erinnere mich, wie ich in seinem Badezimmer stand und die Tür des Spiegelschranks öffnete. Natürlich hatte er Rasierklingen. Es war einfach zu leicht.

Und dann stand Mike plötzlich wieder vor mir, umklammerte mein Handgelenk und zwang mich, die blutige Klinge loszulassen. Er zerrte mich zurück ins Wohnzimmer und deponierte mich erneut auf dem Sofa. Wortlos. Dann begann er, meinen Unterarm zu verbinden. Ich habe mich vorher und nachher nie so tief geschnitten wie in dieser Nacht.

Irgendwann muss ich eingeschlafen sein. Jedenfalls erinnere ich mich nur, dass es plötzlich hell war und Mike Frühstück machte. Rührei, Bohnen und Toast. Ich nahm lediglich eine Tasse schwarzen Tee ohne Zucker.

„Ich frühstücke nie", erklärte ich dazu.

Er nickte düster. „Mittag- und Abendessen lässt du auch immer ausfallen, oder?"

Ich starrte wortlos an ihm vorbei aus dem Fenster.

Mike aß schweigend. Nur einmal sagte er: „Versprich mir, dass du dich nicht nochmal schneidest."

Ich starrte ihn wortlos an.

„Versprich es mir", wiederholte er.

Ich nickte nur. Aber natürlich meinte ich es nicht. Und Mike glaubte selbst wohl auch nicht daran. Vermutlich wollte er nur sein Gewissen beruhigen. Wir wussten beide, dass ich zu schwach war. Und zu schuldig.

Ronny hatte eine Gehirnerschütterung, mehrere Rippenbrüche und zahlreiche Blutergüsse an Armen, Beinen und im Gesicht. Ich erkannte ihn zuerst nicht, als ich ihn zusammen mit Mike im Krankenhaus besuchte. Mike versuchte, eine Unterhaltung in Gang zu bringen.

Doch ich weinte die ganze Zeit und Ronny starrte mich nur an. Das einzige, was er schließlich sagte, war: „Kommt mich nicht nochmal besuchen."

Das war für meinen Gemütszustand natürlich katastrophal und ich weiß nicht, was ich getan hätte, wenn Mike nicht dagewesen wäre. Er ließ mich kaum aus den Augen und fuhr mich sogar zu meinen Vorlesungen. Und er muss auch mit meinen Eltern und vielleicht sogar mit der Polizei gesprochen haben, denn die Partynacht hatte für mich keine weiteren Konsequenzen, außer dass ich noch einmal auf das Polizeirevier gehen und meine Aussage machen musste. Mike entsorgte darüber hinaus alle Rasierklingen und Küchenmesser, die in seinen Augen gefährlich waren. Auf Selbstverletzungen konnte ich verzichten, wenn er bei mir war. Auch in der Uni bemühte ich mich, nicht zu übertreiben. Aber essen konnte ich nicht und wollte ich auch nicht. Ich merkte, wie sehr ihm das Sorgen bereitete und wenn es sein musste, aß ich auch mal Eier oder Würstchen. Auch wenn mich das wirklich viel Überwindung kostete und ihm nicht reichte.

Ein paar Tage später, als Mike mich von der Uni abholte, wirkte er nervös.

„Was ist los?", fragte ich beunruhigt.

Mike zögerte. Ich sah, wie es in ihm arbeitete.

„Ronny hat sich aus dem Krankenhaus entlassen und ist verschwunden", presste er schließlich hervor.

Mich überlief es eiskalt. Denn ich wusste, wo er sein würde. Ronny hatte schließlich oft genug davon gesprochen.

„Wir müssen nach Rednitzhembach!", rief ich.

Mike raste durch die Stadt, wobei er unzählige Ampeln überfuhr. Rückblickend glaube ich, das war die lebensgefährlichste Situation, in der ich mich je befunden habe. Mir dauerte die Fahrt trotzdem viel zu lange. Endlich hielten nahe der Bahntrasse und sprangen aus dem Wagen. Die Gleise beschrieben eine Kurve. Keine Spur von Ronny.

„Dort entlang!" Ich deutete auf den nahegelegenen Wald." Denn von einem Wald hatte Ronny gesprochen. Wir rannten an den Gleisen entlang. Nach der Kurve hatten wir freie Sicht.

Er saß auf dem Gleißbett und rauchte. Er sah uns kommen. Sein Gesicht war eiskalt. Schwerfällig stand er auf. Unser Timing war hundsmiserabel, denn genau in diesem Moment kündigte sich ein Zug von Rednitzhembach her an. Ich stürzte nach vorne, auf Ronny zu. Mike packte mich, hielt mich fest und schrie etwas. Ronny trat auf die Gleise, sein Gesicht eine ausdruckslose Maske, und dann war der Zug auch schon da.

Mike hielt mich fest und presste mein Gesicht an seine Brust. Der Fahrtwind des Zuges war deutlich zu spüren. Dann war es vorbei. Die Zuggeräusche verklangen. Die Welt schien still zu stehen.

Mike atmete tief durch. „Es ist ok", hörte ich ihn sagen. „Ronny ist noch da." Er ließ mich los.

Ich drehte mich um.

Tatsächlich, da stand Ronny. Auf der anderen Seite der Gleise. Er starrte uns mit schwer deutbarer Miene an.

„Du bist es nicht wert, Melanie", sagte er. Ein letzter Dolchstoß. Dann drehte er sich um und humpelte schwerfällig davon. Ich blieb wie angewurzelt stehen. Mike fasste mich behutsam am Arm und brachte mich zum Auto zurück.

Mike bekam ein Fahrverbot von drei Monaten. Und ich die schlimmste Krise meines Lebens. Ich kann mir nicht vorstellen, wie viel Angst Mike um mich gehabt haben muss. Er war ständig da. Nirgendwo ließ er mich allein hingehen. Nicht einmal in die Uni. Stattdessen begann er, von Therapien zu reden. Ich war völlig fertig. Vermutlich konnte er mich deswegen tatsächlich überzeugen.

Erst war ich eine Weile stationär untergebracht. Es war die Hölle. Jeden Tag musste ich mich mit Essen vollstopfen lassen und konnte quasi stündlich zusehen, wie mein Körper außer Form geriet. Ich habe das nur wegen Mike durchgehalten. Ich konnte einfach nicht mehr mit ansehen, wie sehr mein Zustand ihn immer wieder verletzte.

Rückblickend glaube ich nicht, dass es die Therapie war, die mir geholfen hat, sondern einzig und allein Mike. Wegen ihm hörte ich damit auf, mich zu verletzen. Und mit ihm handelte ich aus, mein Gewicht von fünfundvierzig Kilo zu halten. Für ihn noch immer viel zu wenig, für mich noch immer viel zu viel. Aber es funktioniert trotzdem irgendwie.

Ich habe meinen Abschluss gemacht – tatsächlich mit Note Eins – und danach angefangen, in einer kleinen Buchhandlung zu arbeiten. Es ist kein Spitzenjob, aber es gefällt mir. Und Mike verdient recht gut.

Meine letzte Therapiesitzung ist fast drei Jahre her. Meine Therapeutin hat mir damals gesagt, ich soll alles aufschreiben.

Weil ich ihr vieles nicht erzählen konnte. Und wollte. Dass ich es heute getan habe, hat einen Grund. Ich muss meine Gedanken sortieren. Denn ich habe eine Nachricht von Ronny erhalten. Nach über fünf Jahren. Er schreibt, dass er mich vermisst. Dass er mich sehen will. Dass er meine Hilfe braucht. Und dass ich Mike nichts davon erzählen soll. Ich vermisse ihn auch. Trotz allem. Vielleicht habe ich deswegen nach drei Jahren wieder den Drang, Rasierklingen zu kaufen.

Ich habe mir alles noch einmal durchgelesen. Mir ins Gedächtnis gerufen, was passiert ist. Meine Erfahrungen mit euch geteilt. Vielen Dank für eure Ratschläge. Ich sehe jetzt klarer und weiß, was ich tun muss.

Es wird euch nicht gefallen.

Es ist einfach nie vorbei.

Narben

Natürlich fielen ihm die Narben sofort auf. Sie hatte es auch nicht bezweifelt. Bisher waren sie fast jedem aufgefallen, auch wenn sie mittlerweile schon über zwei Jahre alt waren. Aber sie hatte es darauf angelegt. Er sollte schließlich wissen, mit wem er es zu tun hatte und noch die Chance haben, wegzulaufen.

"Was hast du denn da gemacht?", fragte er auch prompt und betrachtete die feinen weißen Linien, die ihren Oberarm zierten. "Hast du dich gekratzt?" Er blickte sehr skeptisch drein, als er das sagte.

Das war sie gewohnt. So wie typische Kratzer sahen ihre Narben einfach nicht aus. Aber sie antwortete automatisch, wie sie sich es im Laufe der Zeit angewöhnt hatte: "Ja ..."

Ihre Strategie, um mit derartigen Fragen umzugehen, war in der Regel, auf alle möglichen angebotenen Erklärungen mit "Ja" zu antworten. Zum Beispiel auf "War das eine Katze?" oder eben auf "Hast du dich gekratzt?" Schwieriger war es, wenn die Frager keine Erklärung beifügten, sondern einfach nur wissen wollten: "Was ist denn das?" Dann antwortete sie in der Regel mit einem ausweichenden "Ach, das ist schon lange her ..." Meist wurde daraufhin auch nicht weiter nachgebohrt.

Er wollte es aber genauer wissen. "Womit denn?"

"Mit einer Rasierklinge", gab sie zu.

Er betrachtete die Narben mit hochgezogenen Augenbrauen. Nach einer kurzen Pause stellte er die dritte gefürchtete Frage: "Warum?"

Das war am Schwierigsten zu beantworten. Nach einem Jahr Therapie konnte sie mittlerweile die Gründe ganz gut benennen. Aber sie preiszugeben war dann wieder eine ganz andere Sache.

Ein anderer Ausdruck glitt über sein Gesicht. Ihm stand die Silbe "Oh ..." förmlich ins Gesicht geschrieben.

"Nein, das ist es nicht..." sagte sie sofort.

Klar - bei Selbstverletzung dachten die meisten Menschen sofort an die harten Sachen. Missbrauch, Vergewaltigung. Aber das war bei ihr nicht die Ursache.

"Was dann?"

Im Grunde war sie froh über diese Frage. Denn natürlich war sie deswegen im Trägertop gekommen. Um ihm Rede und Antwort zu stehen und ihm zu zeigen, auf was er sich mit ihr einließ. Schließlich hatten sie sich jetzt schon ein paar mal getroffen und er war ja auch sehr nett und so... Und wenn er wirklich was von ihr wollte, dann würde er die paar Narben an ihren Armen schon verkraften. Und die paar mehr an ihren Beinen ... Und überhaupt ihre ganze Psycho-Persönlichkeit.

"Ich habe nie wirklich gelernt, auf Gefühle angemessen zu reagieren", erklärte sie ihm schließlich.

Eigentlich hatte sie noch mehr sagen wollen, aber es fiel unglaublich schwer, all das in Worte zu fassen, was noch dahinter lag. Darum klappte sie ihren Mund wieder zu und sah ihm zum ersten mal in die Augen. Um den Blick schnell wieder abzuwenden. Was sollte er nur von ihr halten? Sie war sich gar nicht sicher, warum sie eigentlich tat, was sie tat. Wollte sie nicht vielleicht einfach seine Aufmerksamkeit erregen? Seine Beschützerinstinkte wecken? Aber vermutlich hatte sie das ja schon vorher, sonst wäre er bisher ja wohl kaum mit ihr ausgegangen ...

"Die sehen wirklich schon ein bisschen älter aus", überlegte er nach einer kurzen Denkpause laut. Sie konnte seine Gedanken förmlich spüren. Vielleicht war es ja längst nicht mehr so akut, vielleicht war ja wirklich alles vorbei ...

"Ja, die an den Armen schon ...", murmelte sie. Wenn schon, denn schon. Wieder dieses "Oh!" auf seinem Gesicht. Er versuchte es zu verbergen, aber sie bemerkte trotzdem, wie sein Blick über ihren Körper glitt und versuchte, durch den Stoff zu sehen. Der berühmte Röntgenblick ... Der in diesem Fall aber nicht von fleischlicher Begierde herrührte. Es war definitiv besser, ihn nicht im Unklaren zu lassen.

"An den Beinen hab ich auch welche ..."

Sein Blick heftete sich sofort kurz auf ihre Beine, um sich schnell wieder ihrem Gesicht zuzuwenden. "Sind aber auch nur Kratzer", fuhr sie hastig fort. Das stimmte ohne Frage. Allerdings sahen sie trotzdem schlimmer aus als die an den Armen. Die Kratzer hatten einfach - vermutlich wegen dem ausgeprägteren Fettgewebe - mehr geklafft und so breitere Narben zurückgelassen. Und manche waren noch immer rot und somit viel auffälliger als die alten weißen ...

"Und - du machst es - aber nicht mehr...?", fragte er sehr zögerlich. Er versuchte, sein Pokerface beizubehalten, aber es fiel ihm sichtlich schwer und er konnte seine Betroffenheit nicht völlig verbergen.

"Selten. Es ist schon deutlich besser geworden!", versicherte sie ihm.

Was auch stimmte. Das letzte Mal war zwei Wochen her.

"Wie – oft?", fragte er vorsichtig weiter.

"Alle paar Wochen mal", erklärte sie.

"Und - du machst es dann, wenn es dir - nicht so gut geht...?", tastete er sich behutsam weiter vor.

"Nicht immer... Nur manchmal... Meistens nicht... Ich kämpfe dagegen an", erklärte sie.

Was eine Lüge war. Da war dieser Drang, nach der Klinge zu greifen. Das Blut zu sehen ...

„Du machst es wegen dem Schmerz?", hakte er weiter nach.

„Nein. Ich fühle keine Schmerzen. Ich – ich kann es nicht beschreiben."

Doch. Das konnte sie. Aber sie brachte es nicht über ihre Lippen. Es war wie weinen, ohne zu weinen. Ein Ventil für den seelischen Schmerz. Ein Auslöschen aller Gefühle. Eine Bestrafung für die eigene Existenz, das ganze jämmerliche Sein.

"Und du kannst es nicht einfach – lassen?", fragte er mit einem hoffnungsvollen Unterton.

Einfach lassen. Die Klingen wegwerfen. Die Gefühle kommen lassen.

„Nein", sagte sie. Heftiger als sie selbst erwartet hatte. "Es ist wie eine Sucht", fügte sie schnell hinzu. "Im Prinzip wie eine Droge. Wenn ich... Wenn man blutet, setzt das nämlich Endorphine, also körpereigene Glückshormone frei, und davon kann man abhängig werden. Ist viel besser als Haschisch oder so, eigentlich", versuchte sie zu scherzen, aber es misslang kläglich.

"Aha."

Was mochte er denken? Ob er sie jetzt wohl in die Schublade "drogenabhängig" einordnete?

"Und - in welchen Situationen - machst du es ...?", fragte er vorsichtig weiter. "Wenn du traurig bist?"

"Ja, zum Beispiel ... Oder wenn ich wütend bin und aggressiv ... Ich hab laut meiner Therapeutin nie gelernt, Wut zuzulassen und Aggressionen rauszulassen und drum reagiere ich das zum Teil an mir selbst ab."

Jetzt hatte sie ihre Therapie ins Spiel gebracht.

Und er ging natürlich sofort drauf ein. "Du warst beim Psychiater?"

"Bei einer Psychotherapeutin. Die sind für so etwas zuständig. Ja, ich habe eine Therapie gemacht. Und es ist tatsächlich wesentlich besser geworden!"

Was aber bestimmt nicht an der Therapie lag. Es hatten sich einfach die Umstände geändert. Der Winter war vorbeigegangen, sie hatte sich nicht mehr so viel Gedanken um die Zukunft gemacht und darüber, ob sie einen Job finden würde und überhaupt zum Arbeiten taugte ... Und sie war für eine gewisse Zeit im Ausland gewesen. Das alles hatte den Rückgang bewirkt.

"Aber jetzt machst du keine Therapie mehr?"

"Nein."

"Warum?"

Diese Frage war auch zu erwarten gewesen. Warum? Die Therapie hatte ihr geholfen, sich selbst besser zu verstehen. Aber nicht dazu beigetragen, ihren Selbsthass zu reduzieren. Ein positives Körpergefühl zu bekommen. Gefühle zuzulassen. Sie war mit der Therapeutin einfach nie wirklich warm geworden.

"Die Therapie hat mir einfach nichts mehr gebracht. Ich hatte irgendwann den Punkt erreicht, an dem ich mir sagte: ab jetzt musst du es allein schaffen", antwortete sie ein bisschen verspätet.

Er blickte sie sehr skeptisch an, verkniff sich aber jeden Kommentar. Vielleicht wusste er auch nicht, was er mit diesem Psycho vor sich noch großartig reden sollte ...

Sie holte tief Luft. Der Moment war gekommen.

"Hör zu!", begann sie. "Ich kann mir vorstellen, dass dich das jetzt ziemlich mitnimmt und vielleicht auch überfordert. Ich würde sagen, wir gehen jetzt dann zusammen den Film angucken und haben einen netten Abend und wenn dir das alles zu viel ist und du dich mit so einem Freak wie mir nicht weiter abgeben willst, dann brauchst du mich einfach nicht mehr anzurufen. Ich versteh das, wirklich. Mit mir ist es bestimmt nicht immer einfach ... und wird es wohl auch in Zukunft nicht sein. Du musst dir auch keine Sorgen machen, dass ich von einem Hochhaus springe oder mir die Pulsadern aufschneide, wenn du dich nicht mehr meldest. Ich komm damit schon klar." Sie verstummte unvermittelt.

Eigentlich hatte sie noch viel mehr sagen wollen, aber ihr waren die Worte, die sie sich mühsam zurechtgelegt hatte, nun doch entfallen.

„Nein, bestimmt nicht", beteuerte er sofort. „Aber wir sollten tatsächlich langsam hineingehen, der Film fängt bald an ..."

Als sie wenig später neben ihm die Rolltreppe hinauffuhr, war sie erleichtert. Es war vorbei. Sie hatte es ihm gesagt. Sie würden zusammen den Film sehen. Vielleicht noch einen Kaffee trinken. Und dann ...

Sie merkte, wie er verstohlen ihre Arme musterte. Dann würde er verschwinden und nie wieder anrufen. Und sie würde ihn in Ruhe lassen.

Die Klingen warteten.

Gleise

Die Nacht ist kalt. Die Gleise sind es erst recht. Aber damit hatte ich gerechnet. Würde ja auch nicht mehr allzu lange dauern. Die Kälte kriecht in meine Jacke. Ich hätte vielleicht eine zweite Hose anziehen sollen. Wozu? frage ich mich sofort. Es bleibt keine Zeit mehr, um mich zu erkälten. Ein irgendwie tröstlicher Gedanke. Ich schließe die Augen und lausche der Stille. Von fern kann ich die Autobahn hören. Ein Flugzeug dröhnt durch die Nacht. Der Flughafen ist gar nicht so weit weg. Etwas piekst mich in die Hand. Eine Tannennadel. Hoffentlich kriecht mir keine Spinne ins Hosenbein, denke ich. Es schaudert mich. Ganz ruhig, sage ich mir noch einmal. Es ist bald vorbei.

Da höre ich es. Ein – Grummeln wie von entferntem Donner. Zunächst. Doch es wird lauter. Sehr schnell lauter. Dreihunderzwanzig Tonnen Stahl kreischen heran. Der ICE nach Berlin. Ausnahmsweise pünktlich. Die Nacht ist klar. Ich kann bereits die Lichter des Zuges erkennen.

Da werde ich gepackt, in die Höhe gerissen und herumgeschleudert. Ein kurzer Flug durch die Nacht, dann lande ich hart auf dem Rücken. In ein paar Metern Entfernung donnert der ICE vorbei. Ich liege still. Mein Herz muss einen Moment lang ausgesetzt haben, doch jetzt setzt es wieder ein – und zwar mit aller Macht, so, als ob es zerspringen will. Ein Schatten mit starkem Schweißgeruch beugt sich über mich. Ich kann das Gesicht in der Dunkelheit nicht erkennen, doch die Stimme klingt sehr kräftig, die mich aus vollem Hals anbrüllt: „Bist du lebensmüde?"

Ich zucke tatsächlich zusammen. Nach was sieht es denn aus, denke ich mir dann benommen. Mein Herz klopft immer noch wie verrückt. Wie haarscharf bin ich gerade dem Tod entronnen.

So war das eigentlich nicht geplant. Aber in diesem Moment bin ich doch fast – erleichtert. Der Mann hilft mir, mich aufzusetzen. Er atmet keuchend. Anscheinend ist die ganze Aktion auch nicht komplett spurlos an ihm vorübergegangen.

„Bist du okay?", fragt er mich schließlich.

„Ja", flüstere ich.

Er sitzt neben mir und starrt in die Dunkelheit.

„Was soll ich jetzt mit dir machen?", fragt er.

Ich zucke die Achseln.

„Ich werde die Polizei rufen müssen", murmelt er, wohl mehr zu sich selbst als zu mir.

„Nein!", rufe ich erschrocken aus.

Alles, nur das nicht.

„Dann fahre ich dich ins Krankenhaus."

„Nein!" Meine Stimme klingt so verzweifelt, wie ich mich fühle.

„Ich kann dich hier nicht sitzen lassen", sagt der Mann fest. „Gibt es jemanden, der sich um dich kümmern kann?"

Ganz klar versucht er, die Verantwortung loszuwerden, die er für mich zu haben glaubt.

„Ich – ich komm klar", sage ich mit zittriger Stimme. „Ich werde es nicht wieder tun."

„Hm." Er wirkt überhaupt nicht überzeugt. „Warum hast du es überhaupt getan?", fährt er nach kurzem Schweigen mit seinem Verhör fort. „Wenn ich fragen darf", fügt er noch hastig hinzu.

Ich zucke die Schultern. Wie soll ich ihm das erklären? „Ich bin depressiv", sage ich schließlich. Meine Diagnose lautet tatsächlich „leichte depressive Verstimmungen".

„Hm", brummt er. „Ein Freund von mir hatte das auch." Das „war" ist mir nicht entgangen.

„Was ist passiert?", frage ich.

„Er hat sich …" Er schweigt einen Moment.

Ich kann mir denken, was passiert ist.

„Ich wusste von nichts", fügt er bitter hinzu. „Ich habe überhaupt keine Anzeichen bemerkt. Als ich es dann erfahren habe … Dass er sich …" Er atmet tief durch. „Ich habe mir immer gesagt, dass ich es hätte merken müssen. Dass ich ihm hätte helfen müssen."

„Mein Mann weiß auch von nichts", sage ich, um ihn zu trösten.

Er zuckt zusammen. „Er weiß nicht, dass du depressiv bist?"

„Er sagt, ich soll mich nicht so anstellen."

Mein Retter schweigt einen Moment. „Ich bringe dich zu deinem Mann", sagt er dann fest.

„Nein!"

„Er muss es wissen. Er hätte es sowieso erfahren, wenn das da geklappt hätte." Unsensibel weist er in Richtung Gleise.

Diemal zucke ich zusammen.

Er seufzt. „Du musst ihm irgendwann gegenübertreten. Macht er sich keine Sorgen?"

„Er denkt, ich treffe mich mit ein paar Freundinnen."

„Hm. Ich bin übrigens Tom."

„Melanie."

„Komm." Er ergreift meine Hand und hilft mir auf. Ein Grummeln in der Ferne. Er packt mich und hält mich fest. Er hat wirklich Angst, dass ich es noch einmal versuchen könnte. Dabei hat es mir für diese Nacht wirklich gereicht. Er hält mich fest. Ich kann seine Muskeln spüren. Der Zug donnert vorbei. Ein Regionalexpress. Tom lässt mich erst los, als nichts mehr zu sehen und zu hören ist.

„Komm", sagt er. Wir laufen ein Stück den Bahnweg entlang und biegen dann in eine nahegelegene Siedlung ab. Vor einem der zahlreichen schmucken Einfamilienhäuser bleibt er stehen. Er schließt auf. „Komm rein", sagt er und macht Licht.

Ich sehe ihn zum ersten Mal richtig. Durchschnittlich groß, dunkelblondes Haar, blaue Augen. Ich schätze ihn auf Ende dreißig. Keine sonderlich markanten Gesichtszüge. Die Augen stehen etwas zu weit auseinander, die Nase ist etwas zu groß, als dass man ihn gutaussehend nenne könnte. Doch das ist gerade natürlich nicht wesentlich. Offenbar war er joggen, als er mich auf den Gleisen gefunden hat. Er wirkt auch ziemlich durchtrainiert.

„Gib mir einen Moment", bittet er mich. „Lauf nicht weg. Okay? Ich bin gleich wieder da."

Ich setze mich auf eine Holzbank im Flur. Im Schuhregal stehen nur Männerschuhe.

Er ist tatsächlich gleich wieder da. Anscheinend hat er sich nur einen Pulli angezogen. In seiner Hand hält er Autoschlüssel. Er wirkt noch immer so, als ob er eine Dusche gebrauchen könnte. Ich folge ihm in die Garage. Darin steht ein großer BMW. Ich setzte mich auf den Beifahrersitz. Tom fährt mich zu mir nach Hause und erklärt meinem Mann alles. Mein Mann dreht völlig durch. Tom nimmt mich in Schutz. Er bietet mir an, bei ihm zu übernachten. Ich stimme zu. Er überredet mich zu einer Therapie. Ich werde geheilt und ziehe bei ihm ein. Und wenn wir nicht gestorben sind ...

Nein. Ich schüttle in in Gedanken den Kopf. Was ich mir manchmal so zusammenfantasiere ... Selbst wenn jemand kommen, mich retten – und dann auch noch Interesse an mir haben sollte ... Ach was, eigentlich ist das völlig unmöglich.

Erstens bin ich ja verheiratet. Dass es nicht klappt, liegt nicht an meinem Mann, sondern an mir. Wer sagt denn, dass es mit einem anderen Mann besser funktionieren würde?

Zweitens würde niemand eine verrückte Selbstmörderin haben wollen, sondern sie sofort in die Klapsmühle abschieben.

Drittens liegt die Chance, dass ich von einem halbwegs gutaussehenden Mann, der in etwa in meinem Alter ist, gerettet werde, höchstwahrscheinlich bei null komma fünf Prozent.

Ich lausche weiter der Stille. Irgendwo fährt ein Auto durch die Nacht. Etwas raschelt in einem Gebüsch ganz in der Nähe. Ein Vogel, denke ich. Mein Körper ist zu steif, um mich umzudrehen und hinzuschauen. Eigentlich ist es mir auch egal. Plötzlich kläfft mir etwas direkt ins Ohr. Ich fahre hoch. Dabei erschrecke ich den doofen Pudel, der sich an mich herangeschlichen hat. Das Vieh macht einen Satz rückwärts und beginnt, mich aggressiv anzuknurren.

„Ja, wie können Sie denn mein Bienchen so erschrecken! Was machen Sie denn da überhaupt?" Auf dem Gehweg, etwa zehn Meter entfernt, steht eine Gestalt. Den Umrissen nach eine Frau, der Stimme nach sicherlich über siebzig Jahre alt. Ich rapple mich auf, lasse die Gleise hinter mir, rutsche die Böschung hinunter und trete auf den Fußweg. Der Pudel folgt mir und kläfft noch immer. Mein Plan besteht jetzt darin, die Dame zu beruhigen und mich dann ganz schnell aus dem Staub zu machen. In der Ferne höre ich ein Donnern. Der ICE nach Berlin. Natürlich wie immer zu spät. Ich überlege, auf die Gleise zurückzuspringen. Doch ich will keine Sauerei veranstalten, wenn ältere Damen und dumme Pudel in der Nähe sind.

„Bienchen? Bienchen!", beginnt sie zu rufen.

Der Pudel ignoriert sie und kläfft und knurrt weiter in meine Richtung. Der Zug rauscht an uns vorbei.

Zwei Schatten kommen herbeigeeilt – den Umrissen nach zwei Männer.

„Alles in Ordnung?", keucht einer von ihnen. Der Stimme nach gehört er wohl zu der älteren Dame mit dem Pudel.

„Alles in Ordnung!" Ich hebe begütigend beide Hände. Einen Moment lang überlege ich, einfach mein Heil in der Flucht zu suchen. Doch da ist noch der zweite Schatten, der enganliegende Kleidung trägt und durchtrainiert aussieht. Mir steht nicht so der Sinn nach einer nächtlichen Verfolgungsjagd über die Gleise. Mein Herz klopft laut in meiner Brust.

„Kommen Sie, setzen Sie sich doch", sagt der ältere Mann und führt mich zu einer Bank in der Nähe. Ich nehme gehorsam Platz.

„Warum machen Sie denn so etwas?", fragt er väterlich-besorgt.

Meine neue Strategie besteht darin, einen möglichst vernünftigen Eindruck zu hinterlassen. Also erkläre ich ihm, dass das doch alles viel Schlimmer aussah als es wirklich war und dass ich einfach auf den Gleisen gestolpert bin.

Ein weiterer Zug donnert vorbei. Der Regionalexpress. Ich diskutiere ein paar Minuten mit den beiden älteren Herrschaften. Der durchtrainierte Schatten ist verschwunden. Da kommt ein Auto den Feldweg angefahren. Ein Polizeiwagen. Ich springe erschrocken auf.

„Jetzt beruhigen Sie sich", sagt der ältere Mann. „Der junge Mann hat die Polizei gerufen. Wir können Sie doch nicht allein hier lassen."

Noch einmal überlege ich, einfach davonzurennen, aber wenn jetzt auch noch die Polizei im Spiel ist, habe ich vermutlich schlechte Karten.

Die Beamten kommen aus dem Wagen direkt auf mich zu. Sie mustern mich. Wohl, um einzuschätzen, ob ich potenziell gefährlich bin – für mich und für andere.

„Sie lag auf den Gleisen!" ruft der ältere Mann aufgeregt. „Sie wollte sich umbringen! Und sie hat uns erzählt, dass sie auf den Gleisen gestolpert ist. Sie müssen sie unbedingt mitnehmen!"

Die Beamten mustern mich nochmals eindringlich. Dann tastet mich die Beamtin ab. Natürlich habe ich nichts Scharfes bei mir – außer meinem Autoschlüssel. Immerhin liest sie mir nicht meine Rechte vor. Stattdessen werde ich in den Wagen verfrachtet. Ich bin noch nie in einem Polizeiwagen gesessen und hätte auf diese Erfahrung auch gut verzichten können.

Die Beamten fahren mich zu einem Krankenhaus. Offenbar haben sie mich angekündigt, denn davor wartet schon ein kleines Empfangskomitee. Ich werde untersucht. Natürlich bin ich unverletzt. Das versuche ich ihnen auch zu erklären, aber sie glauben mir erst, als sie mich untersucht haben. Die Narben der Schnittverletzungen an meinem Unterarm sind ihnen nicht entgangen. Aber sie sehen, dass diese schon mehrere Jahre alt sind und lassen mich in Ruhe. Damit zumindest. Ich muss meine Schuhe ausziehen und bekomme ein Bett in einem Krankenzimmer zugewiesen. Meine Zimmergenossin mustert mich misstrauisch. Sie ist etwa vierzig Jahre alt und sieht ziemlich fertig aus. Vermutlich so ähnlich wie ich.

Ich setze mich auf das Bett. Im Nachttisch finde ich eine Bibel. Zufällig schlage ich das Buch Kohelet auf und beginne, darin zu lesen.

„Wie gut haben es die Toten! Ihnen geht es besser als den Lebenden. Noch besser sind die dran, die gar nicht geboren wurden und die Ungerechtigkeit auf der Erde nicht sehen mussten."

Und außerdem:

„Eine Fehlgeburt hat es besser. Als ein Nichts kommt sie, in die Nacht geht sie, namenlos und vergessen. Das Sonnenlicht sieht sie nicht, was Leben ist, weiß sie nicht, aber Ruhe hat sie gefunden."

Ich stelle fest, dass ich die Totgeburt beneide und den Prediger Kohelet sehr gut verstehen kann.

Die Tür geht auf. Herein kommt mein Mann mit unserem kleinsten Trolley-Koffer. Er ist bleich und wirkt verstört. „Was – warum?", fragt er und starrt mich an. Dann lässt er den Trolley fallen, kommt auf mich zu, setzt sich neben mich und nimmt mich in seine Arme. Ich sitze reglos da wie ein Stein und kann mich nicht bewegen.

Er redet auf mich ein, doch ich bleibe stumm. Ich habe noch nie die Worte gefunden, um ihm irgend etwas zu erklären. Meine Narben zum Beispiel. Er hat immer alles hingenommen und nie hinterfragt. Für ihn bin ich gesund, meine Narben sind Vergangenheit. Eine Dummheit, die ich einst begangen habe. Auch heute kann ich nicht mit ihm reden und warte nur darauf, dass er wieder geht.

Ich bleibe über Nacht. In fremden Betten schlafe ich immer schlecht. Meine Zimmergenossin schnarcht. Leiser als mein Mann, aber das hilft mir nicht viel.

Um sieben Uhr poltert eine Krankenschwester in meinen Schlaf, der sich doch irgendwann eingestellt haben muss und reißt die Vorhänge auf. Um acht Uhr gibt es Frühstück. Lauter fremde Leute um mich herum. Die meisten beachten mich genauso wenig wie ich sie. Ich bin müde und will einfach nur meine Ruhe. Das ist doch wohl nicht zu viel verlangt. Um neun Uhr spreche ich mit einem Psychologen. Oder Psychiater? Ich weiß es nicht. Ist mir auch egal. Ich erkläre ihm, dass es sich um eine Kurzschlussreaktion gehandelt hat und dass es nicht wieder vorkommen wird. Er glaubt mir nicht und sagt, dass ich noch dableiben soll.

Am Nachmittag kommt mein Vater. Er packt mich und drückt mich fest an sich. „Kind, was machst du für Sachen?", fragt er mich. Ich bin müde, fertig, verloren, ich kann gerade keine Berührungen ertragen.
Ich stoße ihn mit aller Kraft von mir weg und schreie: „Fass mich nicht an!"
„Bist du völlig bescheuert? Ich bin dein Vater, ich darf das!", brüllt er los, so, wie er es früher auch immer getan hat.
Pfleger stürzen auf mich zu, halten mich fest, jagen mir eine Spritze in den Arm, fixieren mich auf meinem Bett. Mein Vater streicht mir sanft über die Stirn. Ich hasse dieses Gefühl des Ausgeliefertseins, ich ertrage das nicht mehr ...

Allein die Vorstellung lässt mich zittern. Das wird nicht passieren, versuche ich mich zu beruhigen. Nicht in diesem Leben.

Dreihundertzwanzig Tonnen Stahl donnern heran. Die kreischenden Räder zermalmen einen Tannenzapfen, der auf den

Gleisen liegt. Ich sitze etwa zwanzig Meter entfernt, an einen Baumstamm gelehnt. Niemand hat mich gerettet. Wer soll sich auch um Mitternacht an diesen einsamen Streckenabschnitt verirren? Schließlich habe ich diesen genau deswegen ausgesucht.

Aber ich konnte es nicht tun. Was würde mein Mann denken? Was meine Mutter? Was würde ich dem Zugführer damit antun? Es ging einfach nicht.

Es ist nichts passiert. Dennoch klopft mein Herz wie verrückt. Ich stehe langsam auf, gehe zurück zu meinem Auto, steige ein und fahre nach Hause.

Mein Mann ist noch wach. Er sitzt vor dem Fernseher und schaut Fußball.

„Wie war es bei deinem Mädelsabend, Schatz?" fragt er.

Er hat nichts gemerkt. Er weiß nicht, dass mein Kopf heute auf den Gleisen gelegen hat. Er weiß nicht, wie sich dreihundertzwanzig Tonnen Stahl anhören, die mit zweihundert Stundenkilometern durch die Nacht rasen.

„Ich bin müde", sage ich.

Er fragt nicht weiter.

Ich gehe ins Bett. Mein Herz klopft noch immer deutlich in meiner Brust. Morgen wieder aufstehen. Sich in die Arbeit quälen. Lächeln, ohne dass mir nach einem Lächeln zumute ist. Und doch – etwas ist jetzt anders. Denn ich weiß jetzt, wie einfach es ist – wie lächerlich einfach – allem ein Ende zu setzen, wenn es sein muss. Die Generalprobe habe ich bestanden. Ich weiß, ich werde es schaffen, wenn es je wirklich soweit sein sollte.

Doch bis dahin habe ich wohl noch etwas Zeit.

Adressen und Ansprechpartner

Spielen Sie mit dem Gedanken, sich das Leben zu nehmen?

Bei der Telefonseelsorge finden Sie ein offenes Ohr.
Per Mail, Chat oder am Telefon:
0800/1110111 und 0800/1110222

Hier können Sie sich über Magersucht informieren:

www.anad.de
www.magersucht.de

Hier können Sie sich über SVV informieren:

www.rotetraenen.de
www.rotelinien.de

Hier können Sie sich über Depression und Suizid informieren:

www.deutsche-depressionshilfe.de
www.suizidpraevention-deutschland.de